蘭兮

士與女，方秉蕑兮。

會有這麼一瞬
數大不僅是美　亦是醜陋
一如幸與不幸　常常
讓人分不清面貌
正在經歷的該不該繼續
悄悄不是別離
也未及來臨
窗前的草似乎長高了
連同皈依的落髮
因為靠近　變得炙熱

月　水　木　日　四畫　口　广　三畫　几　二畫　一　一畫

⋮　⋮　⋮　⋮　　　⋮　⋮　　　⋮　　　⋮　　　

26　25　20　17　　16　12　　10　　8

飛　九畫　非　八畫　見　七畫　糸　竹　艸　六畫　宀　穴　五畫

⋮　　　⋮　　　⋮　　　⋮　⋮　⋮　　　⋮　⋮

39　　37　　36　　35　34　33　　31　29

小的時候，那個成天幻想長大的自己已經很遙遠了。

出了社會，幾個寒暑後，歷經人世變遷，你該長大了。也許沒有成為夢想中的模樣，但是不斷努力為了成長的過程，是多麼的彌足珍貴。

記得好好地愛自己和周遭愛你的人吧。

几。

方著的
圓之
睡　地
著　有睡
正的不
睡　有
和　熟
醒　來
就不再

現代人和過去的人，最大的差別，不是存活世間時間的長久，而是為了生存，在一些空間呈現的狀態有所不同，例如：辦公桌、書桌等等的方圓之地短暫休憩、或者掙扎入睡的時刻，以待下一次挑戰的來臨，重新整頓好再出發。

廢棄傀儡。

你能聽見嗎？

就是被叫人類的生物操縱的。

曾經獲得滿堂彩的傢夥，正在彌留時，恍然間。
「不就是表演到一半時，斷了手腳的」路人甲如是說。
「阿呀！那可不就是丟人現眼了嗎」乙回道。
「可不是，那還不是最令人嗔詬的，更有次在落幕之際，正當禮行了一半時，五體碎得稀巴爛的，真是汙穢！」甲又說。
「哎喲，那好在已經壽終正寢囉……」話音猶在風迴盪，而人煙早已散去。

像突然意識到什麼，抽動漫漶殘身的他，喃喃自語不知所云。

而後，嘲謔地扯了扯歪斜的嘴角。

徒然，神識亦隨著剛才的風一點不剩地逝去了。

喝啤酒。

人中的花
巴嗟著嘴

日記。

人為動物表象
今日為明天而活
彼此相依亦相斥
生活始終沒有那麼純粹
你因為泥淖　再次淪陷
泥土

回來也不勝從前
所幸時間垂憐
將你我包裹起來輕放
同汗漬浸泡
漸漸起皺再膨脹
逸失在晨鐘

人亂香心，苦似蓮葯。

——趙堯生

杏仁。

性溫　味苦　有小毒
像她
初見他的模樣
綿延輾轉
匝匝復匝匝

除去外殼之後
萎絕
止於赤裸的心

橡皮擦。

一身清白為你
一生

人，可以被一根髮絲牽著，
行過千山萬壑。

——克努特・漢森

活。

人群間
一不小心
踏入一灘死水
要逃就得
屏棄姓名

月光下的女孩。

不要問她從哪裡來
遠方不是故鄉
繂動細腰獨舞眾人
的目光灼灼而凜冽
只因天道獨行

再無悔的有如亢龍
得到終究不是真的
除卻那些參差的注視
只留單純的感受
噫　無傷大雅

San Blas 印第安人稱白化症者為月亮的小孩

神之在人，猶光之在燭，燭盡則光窮，人死則神滅。

——《北史・杜弼傳》

窮。

熙熙攘攘
匆匆忙忙(逃亡)
鑽進洞穴
忽而　暗處
一箭　射出
正中心臟

焦急心如焚，無人問苦衷。經年盼待久，猶不許相逢。

——古歌《後撰集》

癢

在頸上　背上　乃至
腋下
摩娑起舞
時間煮成一道道
通紅的料理

願儂此日生雙翼，隨花飛到天盡頭。

——《葬花詞》

花已去矣。

空中飂戾捲殘紅　低訴
昔日儂顏已全非
笑歎春去永不回　璧人
兀自掘坵葬薄魂
霜凍縷瓣情　喃喃那
花落人亡兩不知

第三者。

你來之前
我還來不及
變酸

紋身。

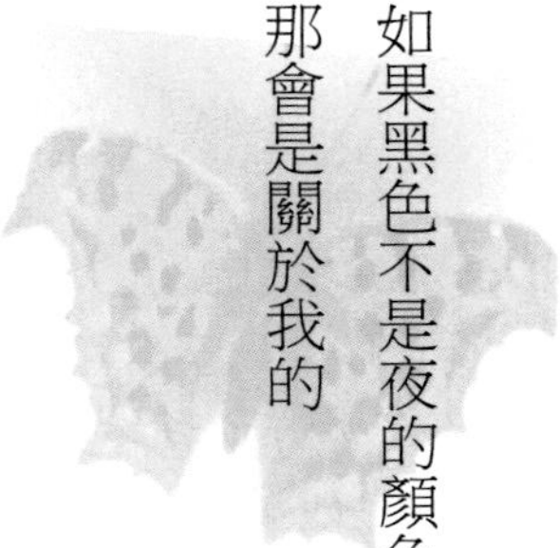

如果黑色不是夜的顏色
那會是關於我的

——喜菡文學網‧獨行詩徵稿

見。

你款款走來
許我
留在你心上

非。

兩條線
一條長一條短
一條深一條淺
合起來 剛剛好
奈何八字
情深緣淺

飛蚊症。

有些事情是沒有道理的
好比現在
明明什麼都沒有
眼前卻一片斑駁
世界逐漸崩塌
你開始覺得徬徨

往事如煙草
啃食僅存的光熱

造就了目前的處境
曾經依附生存的本質
在遁入黑洞後
得到釋放
成為彼此的知己

糾纏已久的飛蚊症，現代人過度使用眼睛的反噬與報應，對你來說，也像是走過一段漫漫時光，像幾世紀這麼久，陪伴你度過成為全人的隱藏知己，想說的話，不該說的話，都可以對它說，悄悄地，只有彼此知道。

鬼。

人死後的　更甚
再死一次
良心還是沒有
發現

有些關係即使修補了，也不復以往了。這事沒有誰對誰錯，純粹是立場不同而已。

像是文明病或是一些症狀，有時候光是依靠藥物，也是無解，試試從根源開始，把握每個當下，好好過。

魚——憶小紅豆。

還是會想起
妳波光粼粼
紅寶石般的笑臉
偶爾會
停駐我的眉眼
以致於有時候

曾懷疑失去的其實是我
長久以來　人們的共同夢想
追逐著不存在的自由
不也是一種禁錮
如今　就著月光
妳的聲音從我的身體
穿過
形成淡淡的影子

[illegible]。

歲月流轉
浸至腐爛
葉落脫去之時
撈去落葉
與石灰乳同乘

由烏青充分地
轉深紅色
曬乾一一
如此翻來覆去
恰似女人的手指

鼠。

那段初來乍到
如有得罪　請多多包涵的
日子
是時候做個了斷
整裝待發的將領
從現在起
昂首闊步地披荊斬棘

勇往直前
不願三更半夜 夢醒時分
獨自垂憐 暗自神傷
也許今後
仍然會氣餒
仍然有太陽升起的
一波波怒火

但也請要好好的
持續地守護
得來不易的
領土

鼽。

鼽　病寒鼻窒也
何曾不是
再怎麼想通
也要對症下藥
淺眠的鐘
儘管提早躺好

依然在相同的地點
相同的時間　和
相同的伴侶
被吵醒　抑或
準備步入正軌
即使天色已晚

齒。

從上而下
彼此交換著
秘密誓言
沿著蝸軸
在世界運轉

由內而外
一個接一個
直白說謊
非常時段裡擴張
總有人挺身而出
裡面外面齊聲
真相始終在屋簷下

龜。

有時　甘心做回烏龜
一步一步　忠於自己
開疆闢野
無關風月
亦無需計較輸贏
始終慢慢地前進

冰。

在祢的懷抱裡
我從不感到寒冷
唯有望眼欲穿
成為人類之時
渴求荷魯斯之眼
置入

說話像下著雨
滋潤腳邊的青石
剩下來不及脫落的
在空中結哽

就可以擁有七情六慾
而不必徬徨無助
然而我也是
水做的

附錄——去事

謝謝那年打擊我最深的人

第一次的體驗至今仍再三回味。無論那些經驗是好是壞，都是人生中不可或缺的。

這些年，教育部為了培養優秀人才推出一系列學海實習計畫。我和班上一名同學獲得馬來西亞雪蘭莪燕窩工廠的暑期實習。於是，第一次出國和海外實習就在升上大四的暑假展開了。

首先，我們就面臨生活上適應的問題。因為宿舍周邊聚集了多國外勞，華人同事特別叮嚀我們要注意安全；其次，就是吃和睡。

我選擇步行到超市購買食材下廚。一是為了衛生；二是便宜省錢，藉此跟外籍室友分享交流。在睡得方面，剛開始幾天會認床，兩三天也就習慣了。

只是天氣悶熱，加上周遭環境不像台灣宜人，脾氣難免暴躁，期間就和同學發生過激烈爭執。

一直到回台的前兩個禮拜，一如往常地分類燕窩外，幾經深思與家人老師溝通下，我決定在實習結束到檳城一個人走走；同學則決定到新加坡找朋友。

雖然後來也覺得這樣的行為很瘋狂，但是我永遠記得，心如果覺得累了，就停下來。人生的路，還很長。

——刊登2017年10月25日《自由時報》

The only true wisdom
is in knowing you
know nothing.
Socrates

2016.9 檳城

家常味人生

還記得離家到異國實習的某一天，一時興起下廚的念頭，於是google了快速簡易料理後，決定嘗試煮家常味湯麵。

準備了洋蔥半顆、青江菜一把、小雞腿一隻，以及方便蒸煮的麵條一包。一一洗淨後瀝乾，將洋蔥剝開切成條；青江菜去除菜梗後切段；雞腿倒入少許醬油和蒜末拌勻，水滾沸後，一併放入鍋中，待筷子輕戳雞肉內裡確認熟透後，再加入麵條，最後加入少許香油和胡椒鹽，就完成了人生的第一道料理——家常味湯麵。

帶著有點忐忑的心情試了湯頭，入口的是洋蔥夾雜雞肉的鮮甜，均勻散布在喉間，而後又蔓延到胃，說不出的成就感就此油然而生。

自從那次意外的成功之後，每到週末消夜時分，我就自告奮勇到廚房開伙，雖然也不乏失敗的案例，但是家人滿足的笑容，就是一直真切地支撐我持續下去的動力。

——刊登 2019 年 12 月 1 日《自由時報》

歲末感謝

也許妳正遭逢巨大的變故，又或是妳現在一帆風順，但不變的是，總有那麼一個人，在這個時候出現，給予妳忠告或力量。

幾個月前，我鼓起勇氣遞出辭呈，離開了壓抑到臨界點的工作環境。最後雖沒有和主管打破僵局，但是同事彼此親近如朋友，相處相當融洽。

其中負責環境整潔的阿桑，私下一直是我談心的對象，舉凡職場上的應對到生活上的枝微末節，她都能有一番獨到的見解。

到了離職當天，因為出於不喜不捨，我沒有道別。畢竟天下本來就沒有不散的筵席，相聚總有離開。回想起那段日子，那些對話彷彿還在耳邊響起。由衷地期盼，如果阿桑還記得我，也能感覺一股暖流，源源不斷地支持向前的動力。

正如作家盧思浩所言：「有些人在不經意下，成為你的力量，那也請你相信，在某些時刻，你也成為過別人的力量。」

阿桑，謝謝您，出現在我生命中黯淡的時刻，陰錯陽差地成為心靈上的導師，指引、糾正我，祝福您歲歲年年，快樂長相伴。

——刊登2019年12月29日《自由時報》

後記

我們總是考慮太多，卻太少感受——查理・卓別林。

生活儘管不盡人意，但是靜下心來，可以發現有很多瑣碎的值得好好珍惜。

在疫情爆發之際，好多事一夕之間都亂了，歷經親人相繼離世、求職碰壁，有時候時空像靜止了，只剩你不知所措。而一切也會逐漸步入正軌，像是二十四節氣般，春生、夏長、秋收、冬藏。

總會在適宜的時候，有所緩解，有所成長。

蘭兮
作者:陳妍蓉
美術設計:陳妍蓉
校對:陳妍蓉
出版者:陳妍蓉
印刷者:印不停有限公司
代理經銷:白象文化事業有限公司
地址:台中市東區和平街 228 巷 44 號
電話:(04)2220-8589
傳真:(04)2220-8505
發行者:陳妍蓉
版次:一
出版年月:2021 年 8 月
定價:360 元

國家圖書館出版品預行編目(CIP)資料

蘭兮/陳妍蓉作. -- [彰化縣和美鎮]: 陳妍蓉出版 ;臺中市 : 白象文化事業有限公司總經銷, 2021.08
面 ; 公分
ISBN 978-957-43-9104-2(精裝)

863.51 110011426